U0006198

晴天豬爆笑故事集❶

晴天有時下豬

矢玉四郎／文・圖
黃薇嬪／翻譯

1 日記不是寫給別人看的

我叫畠山則安，就讀三年三班，綽號是日日安。

我最自豪的事情就是我每天都寫日記。

我開始寫日記是在我小學二年級的時候，聽了當時的班導師和子老師的建議，從寒假開始寫。

我每天都寫，沒有一天中斷，還自己畫插畫。

下學期開學後，我把日記帶去學校給和子老師看，得到了她的稱讚。

「則安，你寫得很好，希望你可以繼續保持。」

現在我只要一天沒寫日記，甚至還會感到寢食難安。

和子老師對我說：「日記這種東西，不是寫給別人看的，所以你以後不需要拿給老師看。你反而應該寫下真實的內容，不能只記好事，失敗或犯錯，也都要寫下來。字寫錯可以用橡皮擦擦掉，但是發生過的事情卻無法擦掉。你不用覺得丟臉，或想粉飾太平，好好正視自己，這才是寫日記的目的。這樣一來，你就能從『日日安』升級成『歲歲安』。」

但是，我有時候寫著寫著就會臉紅，很想拿鉛筆亂畫一通，特別是在寫這種內容的時候：

5月26日星期二　雨後放晴

今天我在放學回家的路上，想要跳過水ㄨㄚ，卻沒跳好，一腳踩進水ㄨㄚ裡，髒髒的水噴到痘痘晴的裙子上。痘痘晴很生氣，拿起雨傘用力ㄑㄧㄠ我的書包，

還大喊我的名字：
「日日安！」
我逃走的時候，身
上也被痘痘晴弄得
全身都是髒水。
痘痘晴大笨蛋，
祝你長出大爛痘！

痘痘晴的本名叫小關晴子。

不過痘痘晴也真的是她的綽號，所以我沒有說謊。

我聽了和子老師的建議，每天都把當天發生的事情按照實際情況寫在日記上。

不過某一天，發生了一件怪事——媽媽居然知道我從來沒有告訴過她的事。她對我說：

「小關晴子是怎樣的人啊？她很強勢吧？小安，你一個男生，不可以輸給女生喔，呵呵呵呵，你居然叫人家痘痘晴……」

我覺得不太對勁。

那麼丟臉的事，我不可能告訴別人。

難道是痘痘睛告訴她的？那也不可能，媽媽又不認識她。

太奇怪了……

我把日記收在書桌抽屜裡，防止其他人看到。

有時候抽屜會被翻得很亂，我以為是我妹妹小玉弄的，所以沒放在心上，反正小玉還不認識字。

直到有一天，我才意外發現真相。

在媽媽跟我提到小關睛子後過了幾天，我放學回到家，進門大聲喊：「我回來了！」卻沒有人回應。

我走進我的房間一看，發現媽媽正坐在我的書桌前，自己一個人發出呵呵呵的聲音，連肩膀都在發抖，沒發現我已經回來了。

我很好奇她在做什麼，偷偷靠近一看，原來她是在笑。

媽媽正在看我的日記。

我整個人瞬間漲紅，覺得丟臉死了。

「啊！你好過分！」我跑過去抽走日記。

「哇！嚇我一跳。小安，你回來啦？」

「你在裝什麼傻？你沒有經過允許，怎麼可以擅自偷看別人的日記！」

「哎呀，竟然這麼晚了，我得去買菜啦。」

媽媽面不改色的說完，裝成一副沒事的樣子逃進廚房。

我已經小學三年級了，不是幼兒園或一年級的小鬼，可是媽

媽卻把我當成笨蛋，老是以為我還是個小嬰兒。

她每次都這樣，上次也沒有經過我允許就擅自拆開寄給我的信，那是我參加抽獎活動抽中的貼紙獎品。

再這樣下去，我怎麼敢繼續在日記裡寫下真正發生的事呢？

雖然和子老師說：「日記不是寫給別人看的。」我明明沒有打算寫給別人看，卻有人擅自拿去看，我又能怎麼辦呢？

我拿出橡皮擦，擦掉日記裡那些奇怪的內容。

如果可以，我更想連同媽媽腦子裡的內容也一起擦掉。

2 廁所裡有蛇

我絞盡腦汁，想要讓媽媽嚇到說不出話來。於是，我想到一個好主意——我要在日記裡面寫一些奇怪的事情，是那種讓媽媽看了會嚇一大跳的怪事。

可是我那麼努力每天堅持寫日記，我可不想全都寫一些捏造的謊言，所以我決定寫「明天日記」。

我自認這是我能想到最棒的點子，看來我的腦袋還不錯。

既然寫的是未來才會發生的事情，那我寫什麼都不算是撒謊。

「明天日記」的內容是這樣的：

6月4日星期四　晴天

我打開廁所的ㄇㄣˊ
就看到一ㄊㄧㄠˊ大
蛇。我ㄉㄢ心其他
人被蛇ㄧㄠˇ傷或
ㄒㄧㄚˋ到，所以ㄍㄨˇ
起勇氣ㄅㄚˊ蛇ㄍㄢˇ
跑。

那天晚上，我躺在床上想，媽媽看到那篇日記會是什麼表情呢？八成會馬上跑去打掃廁所吧，嘻嘻。

我想到就覺得很好笑，不知不覺就睡著了。

可是到了第二天，也就是六月四日，卻發生了奇怪的事情。

一大早，小玉把我吵醒。

「哥哥，快遲到了！快遲到了！」

「什麼？」我看了看鬧鐘，發現早就過了該起床的時間。

「奇怪？鬧鐘怎麼沒響？」

我像毛毛蟲一樣鑽出被窩。

「好睏喔……」

我一臉想睡覺的搖搖晃晃走向廁所。

「咚咚。」我敲了敲廁所的門，門裡也發出咚咚兩聲回應。

「爸爸應該已經去上班了，媽媽也在廚房，裡面是誰呀？」

我想不通是怎麼回事。

於是我打開門，就看到廁所裡有蛇，很大一條。

我記得這種蛇好像叫做「日

本錦蛇」。

我還沒有完全清醒，所以也不覺得害怕。我捲起報紙，一下又一下的拍打牆壁，想把蛇趕跑。

蛇很迅速的逃走了，一溜煙就從窗戶爬了出去。

我以為自己還在做夢，媽媽卻突然大聲叫我：

「小安，你再不快點就要遲到了！」

我連忙換好衣服，早餐都沒吃就趕著出門上學，所以也來不及上廁所。

好不容易趕到學校，差一點就遲到了。

3 酥炸鉛筆

那天晚上，我在睡前也寫了明天日記。胡思亂想很好玩。

媽媽看到「今天」的日記了嗎？她白天的時候什麼也沒說，可能還沒看吧。

但是我今天早上真的有點嚇到，昨天寫的日記居然成真了。

難道那條蛇半夜偷看了我的日記？怎麼可能，哈哈哈！

來吧，今天的「明天日記」要寫什麼好呢？

我想到了，就來寫媽媽吧。

媽媽看完一定會驚聲尖叫，誰叫她要擅自偷看別人的日記。

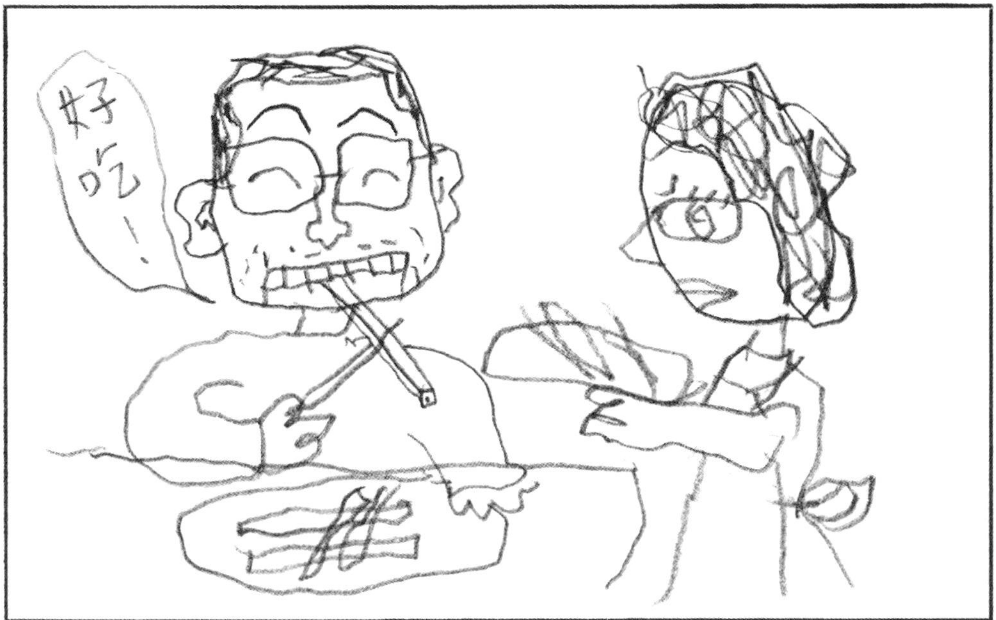

6月5日星期五　陰天

媽媽把鉛筆拿去炸成天婦羅。爸爸一邊吃一邊說：「好吃、好吃。」然後大口大口把炸鉛筆全部吃光光。

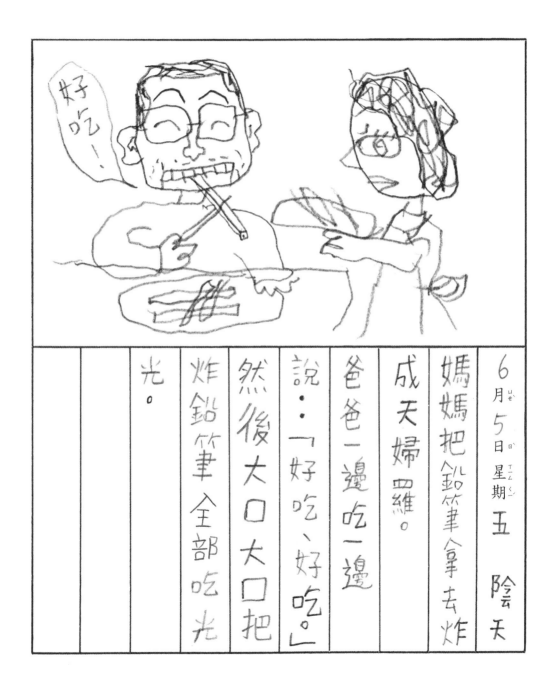

電視上的氣象預報說明天是陰天，所以天氣那一欄還是按照實際的預報寫。

媽媽會不會看完這篇日記，晚餐就做炸鉛筆天婦羅呢？

不會吧？

我東想西想，又想到今天差一點遲到，於是決定提早關燈睡覺。

沒想到第二天，也就是六月五日，再度有怪事發生。

事情發生在傍晚，在廚房準備晚餐的媽媽對我大喊：

「小安，你那邊有很多新的鉛筆嗎？」

「有啊，你要做什麼？」我反問她。

沒想到媽媽語出驚人的說：

「我今天要做炸鉛筆天婦羅。」

被我抓到了吧！媽媽果然偷看過我的日記，才會故意捉弄我。

好，既然媽媽要這樣玩，我也不會認輸。

我故意擺出沒有任何反應的表情，去拿鉛筆給她。

「給你，我有四枝HB，三枝2H，還有一枝B和一枝2B[注]。」

注 鉛筆的筆芯有十七種硬度，從軟到硬依序是：6B、5B、4B、3B、2B、B、HB、F、H、2H、3H、4H、5H、6H、7H、8H、9H。

結果媽媽的表情也很平靜，只回我一句：

「謝謝你，我馬上就炸好。」

接著，她就把鉛筆裹上麵糊，放入熱油裡油炸。

刷——嘰嘰！劈啪劈啪！

「好燙！」油噴出來濺到我身上。

「小安，這裡很危險，你到那邊去。」

這是怎麼回事？媽媽居然真的在炸鉛筆。

晚餐時，媽媽把整盤的炸鉛筆天婦羅咚的一聲擺在餐桌上。

「我開動了。」爸爸咬下一口炸鉛筆天婦羅，發出清脆的聲響，接著他滿意的說：「嗯，還不錯。」

我平常只是偷舔一下鉛筆的筆尖都會挨罵，他卻把整枝都吃下去，我嚇得下巴都要掉了。

「小安，你不想吃嗎？」爸爸問我。

誰會想吃鉛筆！

爸爸大口咬著炸鉛筆，發出酥脆的聲響，吃得津津有味。

「HB到3B左右的果然比較軟，比較好吃。孩子的媽，我還想吃彩色鉛筆，可以嗎？」

「好主意。小安，你去拿桃紅色和黃綠色來，天藍色的可能味道也不錯。」

真是亂七八糟，他們在說什麼鬼？我怎麼可能允許媽媽拿我

的寶貝彩色鉛筆去炸來吃？又不是馬鈴薯或胡蘿蔔！

我看到我妹妹小玉抓起炸鉛筆天婦羅，正要放進嘴裡。

「啊！不可以吃！」我連忙搶走小玉手裡的炸鉛筆。

「嗚哇！哥哥搶人家的！」小玉大哭。

「小安，不准這樣！」媽媽生氣的說。

開什麼玩笑？再怎麼捉弄人，還是要有底線吧？

看到晚餐已經沒有救了，我只好拿生雞蛋打在白飯上，配味噌湯和醬菜湊合著吃完。

過了一會兒，爸爸的臉色開始發青，還說他肚子痛。

我開始擔心了起來，對媽媽說：

「你看，誰叫你要給他吃鉛筆，快點叫醫生來！」

媽媽卻笑著回我：

「呵呵呵，不用去找醫生啦，小安，你去拿橡皮擦過來。」

「橡皮擦？你在開什麼玩笑？叫救護車比較有用吧？」

「快點去拿橡皮擦過來！」爸爸已經開始冒冷汗了。

小玉跑去把橡皮擦拿來。

「橡皮擦給你。」

「謝謝，小玉真乖。」

媽媽拿著橡皮擦，就像在磨白蘿蔔泥那樣，用磨泥器把橡皮擦磨碎。橡皮擦碎屑很快就堆成了一座小山，緊接著她一邊把橡皮擦碎屑塞進爸爸的嘴裡，一邊說：

「對付鉛筆就是要用橡皮擦！橡皮擦！」

爸爸皺著眉頭咀嚼了一會兒才說：

「呼，我覺得好多了。」

他似乎已經不痛了，臉上的表情好像剛才什麼事情也沒發生。

4 金魚惡作劇

我澈底被打敗了。沒想到爸爸會跟媽媽聯手，聯合起來耍我。

事情到了這個地步，也只能靠男子漢的毅力撐下去了。我決定把日記寫得更誇張。

我絞盡腦汁想了半天，才動筆在日記裡寫下更加誇張又不合理的內容。爸爸和媽媽讀完後一定會嚇一大跳。

我心中充滿信心。

6月6日星期六 大晴天

金魚從魚ㄍㄤ裡跳出來，在家裡到處ㄌㄨㄢˋ跳。我拿著撈魚網追著牠跑，金魚卻朝我吐舌頭，還對我扮鬼臉。

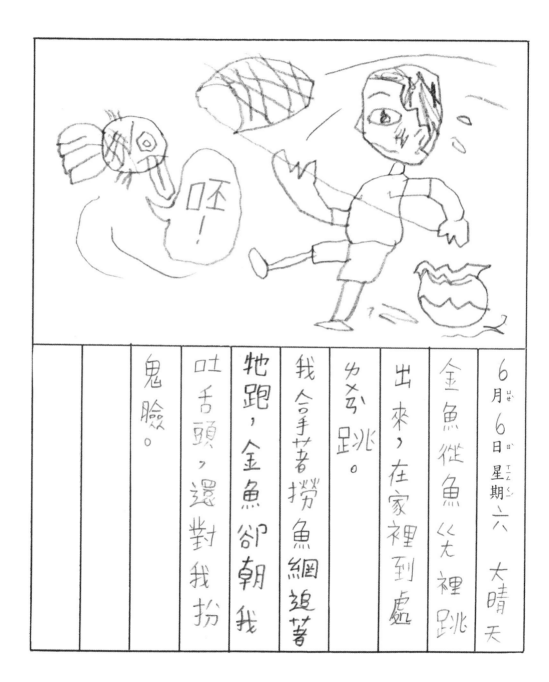

第二天，也就是六月六日。今天是星期六，爸爸不用去上班，所以賴在被窩裡，遲遲不肯起床。

我把日記仔細收進書桌抽屜裡，才出門去上學[注]。

上課時，我滿腦子都在想日記的事，老師講了什麼我全都沒有聽進去。

現在這個時間，爸爸和媽媽一定已經看到我的日記，被我寫的內容嚇到了吧？我回到家要說些什麼才好呢？

我上課一直在想這些。幸好星期六學校的課只上到中午就放學，所以老師一次也沒叫到我，真是逃過一劫。

等我從學校放學回到家，才發現家裡的氣氛很奇怪。

小玉一看到我，就光著腳撲上來大叫：

「雞魚！雞魚！」

「金魚怎麼了？」

我連忙跑進家裡，看到地上都是水，餐桌上還擺著我的撈魚網。

「發生什麼事了？」我問。

爸爸和媽媽輪番開口說：

「不好了，小安！」

注 日本有些小學在星期六也要上半天課。

「金魚飛出來了！」

「牠輕飄飄的飛起來了喔！」

「媽媽嚇了一大跳，那隻金魚一會兒躲在電視後面，一會兒黏在天花板上，剛剛才好不容易拿撈魚網把牠抓住。」

我看到魚缸上面壓著一本厚厚的電話簿，忍不住發出呻吟。

哼，爸爸和媽媽竟然這麼厲害。我本來想嚇嚇他們，結果被嚇到的人反而是我。

我原本以為今天情況會跟炸鉛筆不同，畢竟金魚飛上天這種事沒辦法演戲，沒想到還有這一招……

我甘拜下風。

5 晴天有時下豬

我又輸了一次。

可是我不能因為這小小的挫敗就打退堂鼓，畢竟有錯的是爸爸和媽媽，都怪他們擅自偷看我的日記，所以我絕對不原諒他們，我一定要讓他們輸得心服口服。於是我繼續絞盡腦汁，把腦子裡浮現的亂七八糟點子全都寫下來。

這次我寫的是絕對不可能用演戲來假裝的內容。

這天晚上吃完晚飯後，我沒有去看電視，反而坐在書桌前。

爸爸和媽媽聊到我：

「小安今天好像有很多作業。週末還這麼用功，真難得。」

「是啊，明天可能天天要下紅雨了吧。」

他們以為我是在用功讀書，哈哈哈！

明天是星期日，我可以一整天都待在家裡，但我決定假裝外出，躲在窗外偷看家裡的情況。我要親眼目睹爸爸和媽媽看完這篇日記，嚇得跌坐在地的場面，哈哈哈！

於是我花了兩個小時，寫完了明天的日記。

6月(ㄩㄝˋ)7日(ㄖˋ)星期日 晴天有時下豬

今天的天氣一開始是晴天，但過了中午之後，卻開始下豬。

大家一起吃麻ㄕㄨˇ的時候，媽媽的喉ㄌㄨㄥˊ被麻ㄕㄨˇ卡住，西到了。

爸爸伸手去拉媽媽

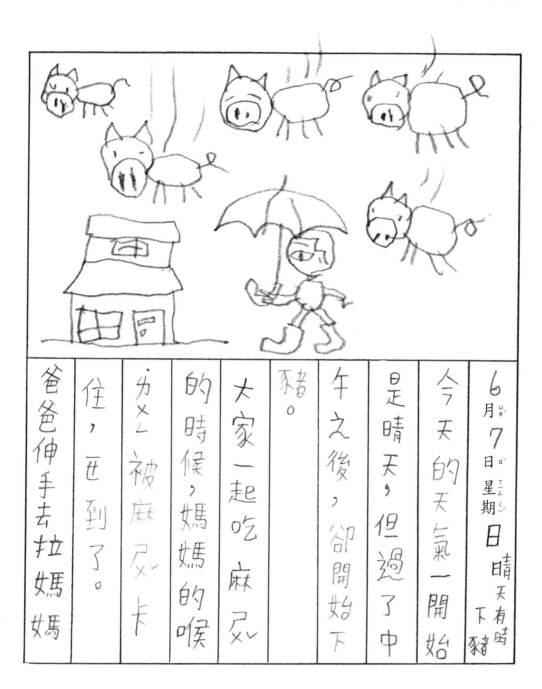

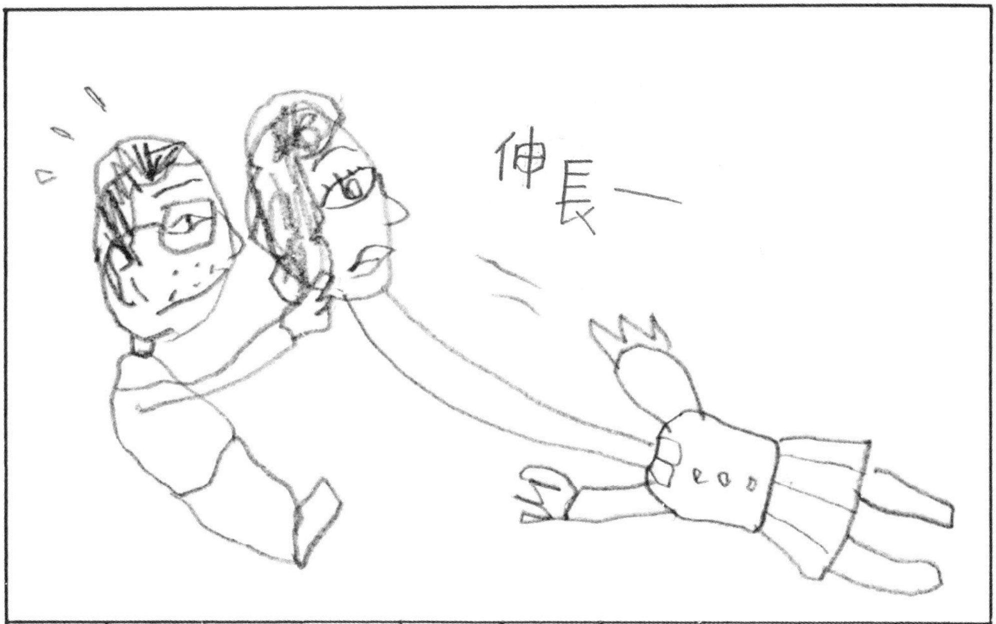

的脖子，媽媽的脖子就變得好長好長。

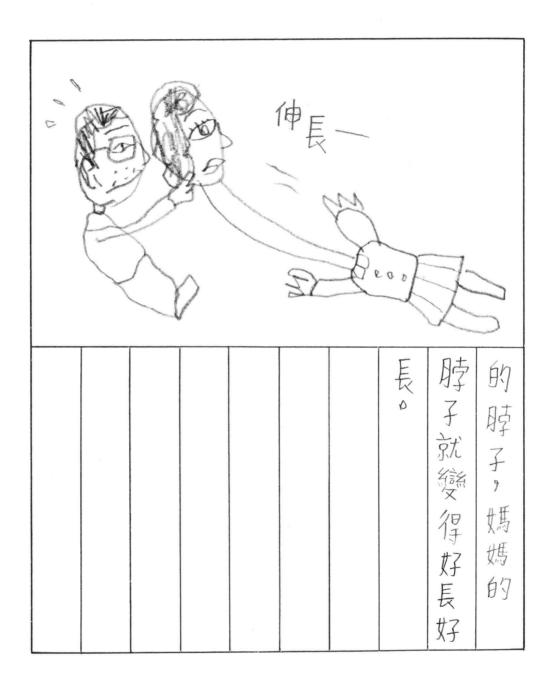

我覺得自己寫得太有趣了，真希望明天趕快來。

我鑽進被窩裡，故意把日記攤開放在枕頭旁邊，假裝我寫日記寫到一半時睡著了。

我沒關電燈，假裝自己已經睡了，實際上卻把眼睛偷偷睜開一條縫，練習怎麼偷看媽媽的表情。

呵呵，媽媽，你快點過來偷看啊！

可是，因為今天是星期六晚上，爸爸和媽媽都在看電視。

我等了半天，他們都沒有來看我，結果等著等著，我就真的睡著了。

接著，就到了六月七日，星期日。

早上我聽到咚咚咚的聲響，睜開眼睛醒來。

聲音是從廚房傳來的，是菜刀切菜的聲音。

今天是好天氣，陽光好刺眼。

我的日記還是昨天晚上的樣子，所以我搞不清楚媽媽他們到底是看了還是沒看。

我換好衣服，走到媽媽身邊問她：

「媽，你看過我的日記了吧？」

媽媽一邊切洋蔥，一邊裝傻說：

「為什麼這麼問？你的日記怎麼了嗎？」

「沒事。」我仔細盯著媽媽的臉。

「我沒看喔，難道你不相信媽媽說的話？媽媽覺得好傷心，你看看我的眼睛。」媽媽的雙眼流下淚水。

因為她正在切洋蔥啊。真是的，媽媽的臉皮真厚。

就在這時候，爸爸大聲說：

「喂！過來看一下，電視上的新聞報導很奇怪。」

我走過去一看，電視正在播報氣象預報。

「從南邊吹來的風恐怕會暫時增強。今天雖然是晴天，但中午過後，部分地區可能會下豬。」

我愣了一下，還以為自己的心臟要停了。

「晴天有時下豬。」電視上的氣象主播一臉嚴肅的說。

就跟我昨晚寫的日記一樣。

「這個節目是怎麼回事？搞笑節目嗎？一定是開玩笑的吧。」爸爸笑著說，然後把電視轉到其他頻道，隔壁臺也正在播報氣象，畫面上打出的大字寫著：

「晴天有時下豬」

「什麼？該不會是真的吧？」爸爸怪叫著。

晴天有時下豬

我連忙翻開報紙查看，報紙上也寫著：

晴天有時下豬

天氣圖上甚至還有豬鼻子「」的符號。

我以為爸爸會生氣，沒想到他反而愉快的大笑：

「哈哈哈！真好玩。小玉你看，天空會下豬，是豬豬喔，會一邊嚄嚄叫，一邊從天而降。」

「嚄嚄！嚄嚄！」

小玉蹦蹦跳跳的，一副很興奮的樣子。

媽媽也很高興的說：

「那真是幫了我大忙，我們今天晚上就吃炸豬排吧。不過豬如果不早點落下來，就趕不上晚餐時間了。」

她在胡說什麼？

我已經搞不懂這一切到底是怎麼回事了，我在做夢嗎？

昨天晚上寫完日記後，我想了很多事情。原本睡不太著，可是不曉得什麼時候就睡著了。再來就到了今天早上，我應該有睜開眼睛醒來才對。還是說我可能還沒有醒來？可是我好好的站在這裡呀……這到底是怎麼回事呢？

爸爸媽媽再厲害，也不可能連電視跟報紙的新聞都能造假，報紙上可是清清楚楚的寫著「晴天有時下豬」呢。

我感到一陣毛骨悚然，這一切都是真的。

寫在日記裡的事情，真的都會發生。

所以昨天的金魚亂飛、前天的炸鉛筆天婦羅，也都是真實發生過的事情嘍？

不，不可能，那一定是爸爸和媽媽演出來的。

我再次看向報紙，盯著(oo)問：

「如果真的下豬，該怎麼辦？」

「嗯……下豬的話，的確會很傷腦筋。」爸爸一臉困擾。

我在心裡點點頭，爸爸果然也在擔心。

「就、就是說，正常來講，不可能會下豬吧？」

可是他接下來說的話，卻完全超出我的想像。

「不下雨卻下豬要怎麼辦呢？那撐雨傘就變成撐豬傘了，穿雨衣變成穿豬衣，遮雨棚變成遮豬棚，哈哈哈！」

「雨蛙也變成豬蛙了。」連媽媽也這樣說。

所以爸爸更加得意忘形的繼續說：

「哈哈！那《大雨大雨一直下》這首歌怎麼辦？小玉，你知道嗎？那歌詞就會變成『大豬大豬一直下♪』！」他說完還跟小玉一起跳起舞來。

根本無法好好溝通，真是靠不住的父親。

都怪我寫了那篇日記，事情才會變成這樣，我必須好好振作

才行。

可是我該怎麼做呢？

我抬頭看向天空，看到外面是萬里無雲的藍天，怎麼看都不可能下豬。

「反正天氣預報從來都不準，別擔心。」媽媽說。

「說得也是，哈哈哈！」爸爸笑著附和她。

6 媽媽的脖子變長了

中午過後，爸爸正在悠閒的保養著他的高爾夫球具。我和小玉一起玩，媽媽過來問我們：

「三點的點心要吃什麼？啊，麻糬好像不錯，今天就吃美味又好吃的麻糬吧。」

媽媽迅速的穿上圍裙，開始做起麻糬。

我現在無法信任媽媽的廚藝，畢竟她是會把鉛筆拿去油炸的人，如果她待會兒逼我們吃下奇怪的麻糬，我想躲也躲不掉，所以她做麻糬的時候，我全程都在一旁監視她。看她揉好麵團，撒

上黃豆粉；豆沙是用罐裝的即食品，姑且可以放心。

過程中沒發現她有什麼可疑的舉動，所以我確定麻糬可以吃。

媽媽平常偶爾也會做蛋糕，而且做得很好吃。

「麻糬、麻糬！」小玉也雙眼閃閃發光，開心期待著。

「還沒好嗎？還沒好嗎？」

我們兄妹倆都快等不及了。

只見媽媽把做好的麻糬盛到盤子上，接著就大口吃了起來。

「好了，大家多吃點！」她嘴上這麼說，卻只顧著自己吃，兩手都抓著麻糬往嘴裡塞。

我和小玉都看傻了，完全忘記要伸手去拿來吃。

結果盤子裡原本成堆的麻糬全部被媽媽一個人吃光；她的臉頰塞得鼓鼓的，不停咀嚼著滿嘴的麻糬。

這樣下去好像會出事——我才浮現這個念頭，媽媽就突然開始嗚嗚嗚的呻吟。

是麻糬卡在她的喉嚨裡。

「哇！媽媽！」

聽到我大叫，爸爸立刻跑來。

「怎麼了？怎麼回事？被麻糬噎住了？啊，原來如此。好了，都冷靜下來，很快就沒事了。」說完，他就開始拉扯媽媽的脖子。

我嚇了一跳，連忙阻止爸爸：

「怎麼可以扯脖子！」

「別吵！」爸爸不聽我的勸告，繼續拉扯媽媽的脖子。

「你這樣拉，媽媽的脖子會變長！」

「傻瓜，脖子怎麼可能變長，我只是稍微疏通一下。」

眼看媽媽的脖子變長了一點，我拚命壓住爸爸的手說：

「就跟你說了不行！」

爸爸也發火了。

「你漫畫看太多了，媽媽又不是妖怪！」爸爸繼續拉扯。

「可、可是，真的變長了！」

「小安，你每天去上學是為了什麼？人類的脖子又不是彈力繩……」爸爸更加用力拉扯媽媽的脖子。

結果——

變長了，媽媽的脖子跟彈力繩一樣被拉長了。

爸爸捧著媽媽的腦袋，嚇得跌坐在地上。

媽媽的脖子變得像蛇一樣長。

爸爸渾身顫抖，臉色發青。

「啊啊啊啊！是長脖子女妖！」

媽媽的反應卻完全相反，她一臉平靜的說：

「我的喉嚨暢通了。」語氣還非常悠哉。

她到底知不知道自己的脖子發生什麼事了？

小玉興奮的抱緊媽媽的長脖子，爸爸則是連忙拿被子蓋住頭，假裝睡覺。

7 豬豬豬

情況變得一發不可收拾。我很焦慮，覺得必須做點什麼才行。

可是我應該怎麼做才好呢？

對了，日記，我可以寫日記。

我坐到書桌前翻開日記。日記裡畫著媽媽脖子變長的插畫，也畫著下豬的插畫。這本日記裡寫的一切全都變成真的了。

「我必須做點什麼才行……」我抱著腦袋苦思。

就在這時，外頭傳來吵鬧聲，我馬上領悟發生了什麼事。

「下豬了……」

嚄嚄。

從天上傳來豬叫聲，我開始感到害怕。

豬叫聲逐漸增加。那邊傳來一聲嚄嚄，這邊也發出一聲嚄嚄。

聽到了，聽到了。

嚄嚄、嚄嚄。

我膽戰心驚的把頭探出窗外，抬頭看向天空。

「哇啊！」

真、真的、真的有、真的有豬。

成千上萬頭豬飄浮在天上，布滿整片天空。放眼所見全都是豬豬豬豬，彷彿下一秒就要落到地上了。

怎麼可能有這種事情！我絞盡腦汁想要想出辦法。

一切都是這本日記的錯，是日記不好。

我連忙抓起橡皮擦，擦掉「豬」字。

我擦，我擦，我擦擦擦。

擦完後我頓時覺得鬆了一口氣。

突然，四周變得靜悄悄，我抬頭一看，發現豬消失了，天空也恢復晴朗的藍天，萬里無豬。

「什麼啊！早知道應該早一點想到這招。」

我跳了起來，立刻把其他內容也擦掉，我不停揮動著橡皮擦，用力擦掉日記上的內容，擦到手都痛了，書桌上也因此堆積了好多橡皮擦屑。

「哈哈哈！全都飛走吧！」我深吸一口氣，用力一吹——

桌面瞬間清爽乾淨。

媽媽的脖子也縮短了。

「媽媽，你的脖子沒事了吧？」

聽到我這麼問，媽媽露出奇怪的表情。

「脖子？沒事啊，你為什麼這麼問？」

她完全聽不懂我在問什麼。

爸爸仍然把頭埋在棉被裡。我走過去掀開棉被說：

「爸爸，已經沒事了，我全都用橡皮擦擦掉了。」

「有發生什麼事嗎？」爸爸一臉呆愣的問我。

他們兩人似乎一點也不記得被我擦掉的那些內容。

我翻開報紙查看，到處都找不到「晴天有時下豬」這句話，只有天氣圖旁邊，仍然有個類似豬鼻子的符號。

「(oo)煙霧」

這好像跟豬沒有關係。

我以為一切都結束了，因此放下心來，可是沒過幾天，竟然再度發生一樁怪事。

8 地瓜長毛了

今天是六月十四日。我們家晚餐決定吃地瓜稀飯。傍晚時，媽媽正在做準備工作，我還領了任務，幫媽媽去超市買東西。

但是當我從袋子裡拿出買回來的地瓜，卻發現地瓜長毛了，樣子就像用來刷鍋子的棕刷。

「哇！這是什麼！」我把地瓜扔了出去。

「小安，那不是芋頭嗎？」媽媽笑著問我。

「才不是，我買的絕對是地瓜。」我很肯定的說。

「是我親手裝進袋子裡的，不可能搞錯。」

「地瓜怎麼可能長這樣？這下子該怎麼辦？看樣子，媽媽還是得親自跑一趟。」

結果，媽媽自己去重新買了新的地瓜，而我也因此被認為不可靠。

為什麼會發生這種事呢？後來我才知道原因。

我最近這一陣子都沒看那本日記，因為差點下豬那次把我嚇到了，我很害怕，就把日記收進書桌抽屜裡，遲遲都沒有再拿出來用。

過了好幾天，我才突然想起那本日記。拿出來一看，這才終於明白地瓜長毛的原因。

我當時拿橡皮擦擦掉日記內容時，一定十分慌張，所以到處都有沒擦乾淨的地方。

6月ㄩㄝˋ4日ㄖˋ星ㄒㄧㄥ期ㄑㄧˊ日晴天

我打開廁所的ㄇㄣˊ就看到一ㄊㄧㄠˊ大蛇。我ㄉㄢ心其也人被蛇ㄧㄠˇ傷或ㄒㄧㄚˋ到，所以ㄍㄨㄥˇ起勇氣ㄅㄚˇ蛇ㄍㄢˇ跑。

我受夠「明天日記」了！

媽媽應該只有一開始偷看過我的日記，之後就沒有繼續看了。是我隨便懷疑媽媽，老是胡思亂想，才會發生那些怪事。

我決定重新開始寫「今天日記」。

和子老師也說過：「日記應該要寫下真實的內容，不用覺得丟臉。」

不過被其他人看到，我還是會覺得很丟臉。

作者的話

一起來寫「明天日記」吧

則安為了寫明天日記，瞎掰了一堆亂七八糟的事情。

或許有讀者會覺得「他怎麼老是在想蠢事」，但是，想蠢事反而是一件困難的事。再說，思考一百件蠢事，其中的一件也有可能發展成了不起的想法，發明電燈泡的人、第一個讓飛機起飛的人、駕駛遊艇橫渡太平洋的人，一開始也都是被嘲笑在「癡人說夢」。

我們在決定事情時，通常是採取多數決，這是最簡單的方法。但也有缺點，有時搞錯的反而是多數人，唯一正確的只有一個人。所以，我們必須有能力說出自己的感受與想法；即使是蠢事，也必須能夠清楚表達，就算被嘲笑，甚至挨罵也無妨。

在學校或許只需要記住課本內容就好，但是遊戲沒有課本，不懂得自己創造新玩法就少了樂趣。同樣的，我們長大後也必須創造自己的課本，因此要趁現在開始培養能夠多方思考的腦袋。

大家也試著開始寫明天日記吧。

晴天豬爆笑故事集①

晴天有時下豬

はれときどきぶた

文圖　矢玉四郎
譯者　黃薇嬪
封面設計　巫麗雪
美術設計　陳姿秀
手寫提供　唐昀歆
特約編輯　劉握瑜
行銷企劃　劉旂佑
行銷統籌　駱漢琦
業務發行　邱紹溢
營運顧問　郭其彬
童書顧問　張文婷
副總編輯　賴靜儀／第三編輯室
出版　小漫遊文化／漫遊者文化事業股份有限公司
地址　台北市 103 大同區重慶北路二段 88 號 2 樓之 6
電話　(02)2715-2022
傳真　(02)2715-2021
服務信箱　service@azothbooks.com
網路書店　www.azothbooks.com
臉書　www.facebook.com/azothbooks.read
服務平台　大雁出版基地
地址　新北市 231 新店區北新路三段 207-3 號 5 樓
電話　(02)8913-1005
傳真　(02)8913-1056
劃撥帳號　50022001
戶名　漫遊者文化事業股份有限公司
書店經銷　聯寶國際文化事業有限公司
電話　(02)2695-4083
傳真　(02)2695-4087
初版 1 刷　2024 年 7 月
定價　台幣 299 元

漫遊，是關於未知的想像，嘗試冒險的樂趣，和一種自由的開放心靈。
www.facebook.com/runningkidsbooks
小漫遊文化
小漫遊

大人的素養課，通往自由學習之路
www.ontheroad.today
遍路文化・線上課程
遍路文化 on the road

ISBN　978-626-98653-8-3

有著作權・侵害必究
本書如有缺頁、破損、裝訂錯誤，
請寄回本公司更換。

HARE TOKIDOKI BUTA
Copyright ©1980 by SHIRO YADAMA
First Published in 1980 by IWASAKI PUBLISHING CO., LTD.
Complex Chinese Character rights © 2024 by Azoth Books Co., Ltd.
arranged with IWASAKI PUBLISHING CO., LTD. through Future View Technology Ltd.

國家圖書館出版品預行編目 (CIP) 資料

晴天有時下豬 / 矢玉四郎文 . 圖 ; 黃薇嬪翻譯 . -- 初版 . -- 臺北市 : 小漫遊文化 , 漫遊者文化事業股份有限公司 , 2024.07
80 面 ; 17×21 公分 . -- (晴天豬爆笑故事集 ; 1)
譯自 : はれときどきぶた
ISBN 978-626-98653-8-3(平裝)
861.596　　113008898

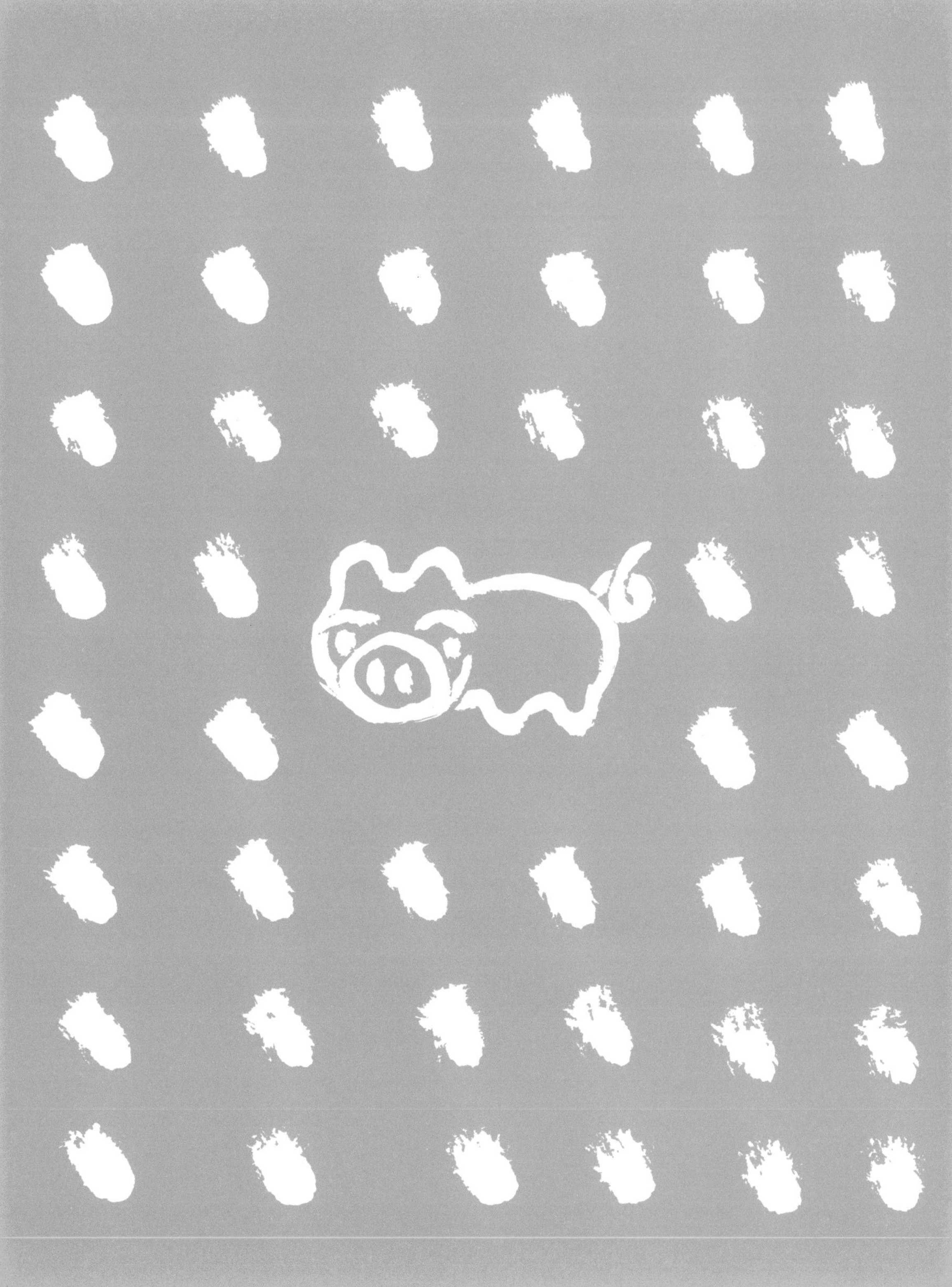